Primera edición en inglés: 1990
Primera edición en español: 1993
    Segunda reimpresión: 1997

Coordinador de la colección: Daniel Goldin
Traducción de Carmen Esteva

Título original: *Changes*
© 1990, A. E. T. Browne and Partners
Publicado por Julia MacRae Books, Londres
Impreso con el permiso de Walker Books Ltd., Londres
ISBN 0-86203-435-3

D.R. © 1993, FONDO DE CULTURA ECONÓMICA, S.A. DE C.V.
D.R. © 1995, FONDO DE CULTURA ECONÓMICA
Carr. Picacho Ajusco 227; México, 14200, D.F.

ISBN 968-16-4270-8

Impreso en Colombia. Panamericana, Formas e Impresos, S.A.
Calle 65, núm. 94-72, Santafé de Bogotá, Colombia
Tiraje 7 000 ejemplares

CAMBIOS

ANTHONY BROWNE

LOS ESPECIALES DE
A la orilla del viento

 FONDO DE CULTURA ECONÓMICA
MÉXICO

El jueves en la mañana,
a las diez y cuarto,
José Kaf
notó algo extraño
en la tetera.

Todas las otras cosas de la cocina
estaban en su lugar,
limpias y ordenadas.
Hasta olían igual que siempre.

La casa estaba callada,
muy callada,
y el cuarto de José
estaba tal como lo había dejado.
En ese momento,
vio la pantufla.

Esa mañana su papá había
ido a recoger a su mamá.
Antes de irse le había dicho a José
que las cosas iban a cambiar.

¿Era esto lo que él había querido decir?

¿O esto?

José no comprendía.

Tal vez
todo estaría mejor afuera.
Al principio, parecía que así era.

José no sabía qué hacer.

Tal vez si diera una vuelta en bicicleta…

…o si miraba detrás de la barda…

¿Cambiaría todo?

José se regresó
a su cuarto,
cerró la puerta
y apagó la luz.

Cuando la puerta se abrió,
entró luz,
y José vio
a su papá,
a su mamá,
y a un bebé.
—Hola mi amor —le dijo su mamá—.

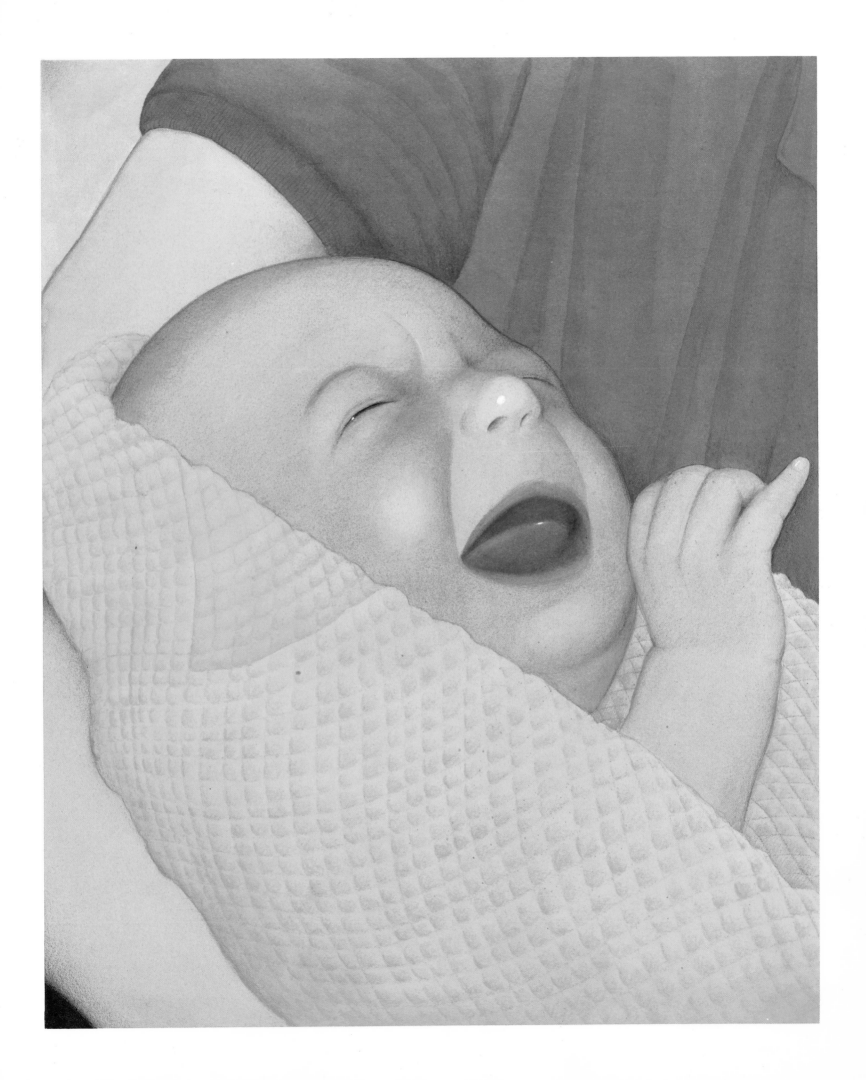

...esta es tu hermana.